Selina Seemann

#kleingedrucktes

Selina Seemann

#kleingedrucktes

Tweets, Kurztexte und
25 kurze Gedichte

Mit Zeichnungen von Gregor Hinz

KJM Buchverlag

1. Aufl. März 2022

Simrockstr. 9a, 22587 Hamburg
www.kjm-buchverlag.de
ISBN 978-3-96194-175-9

Satz, Gestaltung: Svenja Wiese, Hamburg
Cover und Umschlaggestaltung: Rothfos & Gabler, Hamburg
unter Verwendung von Zeichnungen von Gregor Hinz
Korrektorat: Andrea Wolf, Hamburg
Herstellung: Eberhard Delius, Berlin
Druck & Bindung: CPI, Leck

Mehr zu den Büchern des KJM Buchverlags:
www.kjm-buchverlag.de

19:58

früher stand mir die welt offen,
jetzt steht sie mir zu

VORWORT

das internet und ich haben eins gemeinsam: wir sind immer on.

rund um die uhr schwirren gedanken und gedichte durch meinen kopf, die ich auf twitter wie in einem notizbuch festhalte. in diesem buch ist nun das feinste aus vielen jahren unkontrolliertem internetkonsum (computerführerschein '03) versammelt, die fetzigen zeichnungen dazu stammen von gregor hinz.

die texte sind nach den uhrzeiten geordnet, zu denen sie entstanden sind. wer es sich gut einteilt, kann die lektüre also bequem in 24 stunden schaffen.

viel spaß beim lesen :)

@selinakristin

ACHT

ausgewaschenes schwarz ist nicht grau
ungeduldig schaum kaputtgeduscht
diese stadt ergibt nur nachts sinn
die brücke der tunnel der hafen
die worte sind doch alle da
aber ich sortiere sie dir nicht
stell dir nur mal vor
einen leeren raum in einem haus zu haben
ich könnte auf dem teppich liegen
bis er mich fräße

08:00

08:03
wollte früher immer am meer leben wenn ich groß bin und hab dann gemerkt, dass ich aus schleswig-holstein komme lol

08:08
bin super sauer, dass es der zeppelin und nicht das zeppelin heißt, ganz ehrlich

08:13
leben. lieben. bisschen aufschnitt aufstoßen.

08:20
meine neuen e-mail-zeiten sind donnerstag um 12 einmal und sonst guck ich da nicht mehr rein

08:24
junges bedingungsloses grundeinkommen
zum mitreisen gesucht

08:46
früher hatten alle nen onkel, der schon mal n ufo gesehen hat
(ganz sicher)

08:53
decke mit dem bein hochhalten, damit die katze
ne höhle hat, like wer kennt

NEUN

die zweitälteste frau der welt
ist eine nonne
ist fast 117
also ist sie 116
ihre zwillingsschwester ist vor fast drei jahren gestorben
die zweitälteste frau der welt hat jetzt auch keinen bock mehr
„er übertreibt",
sagt sie über gott
und hat so krass recht

09:00

09:03
komm markt, wir regeln das draußen

09:05
würde ich in etwas investieren wollen, das sich zehn jahre lohnt, würd ich mal neue batterien in meine fernbedienung machen

09:05
natürlich repeate ich outfits, das sind hits

09:20
dachte ehrlich gesagt, wasserbetten würde eine größere rolle in meinem leben spielen

09:27
top 5 geschenkideen für mich:

– bücher
– romane

– buchgutscheine
– lyrikbände
– kurzgeschichtensammlungen

09:29
mein größter flex ist, dass ich mich wegsetze, wenn mich in der bahn jemand nervt

09:31
im matratzenladen

ich: und der foam kann sich wirklich an ALLES erinnern?

09:35
die leute sagen über christian lindner, dass er voll der gute rhetoriker wär, aber ich würd den im 1 vs 1 so plattmachen beim poetry slam

09:38
tweets für leute, deren eltern ihnen auch ständig was auf die treppe gelegt haben zum mit hochnehmen

09:45
hab mir gerade son rosa ü-ei gekauft, weil ich feministin bin

09:45
hä, zeit vergeht einfach oder was?

09:48
manchmal photoshoppe ich meinen
namen auf eine siegerurkunde von
den bundesjugendspielen, nur um
mal das gefühl zu haben

09:49
bin gestern direkt am heide park vorbeigefahren,
ohne anzuhalten und es war genau wie damals, als
meine eltern auf dem weg nach südfrankreich meinten, ich
soll dem disneyland einfach von der autobahn aus zuwinken

09:52
meine mutter ist ceo of „weiß gar nicht, was du hast, das foto ist doch total nett von dir"

09:53
würd nur heiraten, um das geile ringemoji in meine bio packen zu können

09:53
wische mir dieses jahr zu halloween einfach den arsch nicht ab und gehe als märz 2020

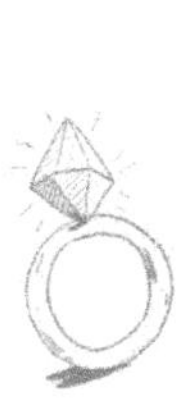

ZEHN

eine brüchige schicht über dem schlaf
wir fahren über brücken und hoffen einfach
der mann an der tankstelle hat sich noch mal ganz neu erfunden
er trägt jetzt einen ohrring
rauch schlängelt sich vom vordersitz heraus, kurbelt das fenster hinunter und rennt wieder rein
vielleicht ist die straße ja magnetisch
will runterkippen und gehalten werden
wink den ideen noch mal zu, mein kind

10:00

10:02
wenn man durch die augen von menschen, die einen lieben, schön ist, gibt es rr niemanden mit mehr hass auf mich als regionalzeitungsfotograf*innen

10:02
hasse es, wenn menschen „rechner" statt „computer" sagen. vor pornhub wichsen ist kein rechnen, georg

10:06
was macht ein hahn auf einer
griechischen insel?

er kreta

10:06
beim sex einfach mal „danke merkel" sagen

10:06

meinem browserverlauf zufolge habe ich gegen 01:27 uhr
„falco augenfarbe" gegoogelt

10:07

ich, nuschelnd: einmal son brötchen mit ei hier, bitte
verkäuferin: das habe ich nicht verstanden!
ich, leise: ein eibrötchen bitte
verkäuferin: sag den namen
ich: ich will nicht
verkäuferin: SAY IT
ich, gebrochen: ein muntermacher fitness kracher mit ei bitte
verkäuferin: 🙃

10:09

partner*in sucht man sich ja aus, aber kinder sind dann
einfach ne überraschung oder wie

10:13

wär ich ein getränk, wär
ich ein lowenergydrink

10:14

leerzeilen schräg drucken ist mein kleines geheimnis

10:17
theoretisch bin ich richtig hübsch

10:18
wenn er es pockemonn ausspricht, ist er zu alt für dich

10:18
bff ist meine bff, weil sie die songs, die ich schicke, wirklich anhört

10:20
normalisiert herumlaufende katzen nach ihrem geburtstag fragen

10:20
männer setzen sich in sonst komplett leeren bahnabteilen nur deshalb direkt neben mich, damit ich sie beschütze

10:24
wo kann ich mich für den weltrekordversuch „die meisten katzen auf der welt geschmust" anmelden

10:24
dachte ehrlich gesagt, sportscap flaschen würden eine größere rolle in meinem leben spielen

10:25
finds so geil, dass die lösung für löcher im zahn bohren ist. antiintuitiv, aber ok

10:29
hab falco auf lehramt studiert

10:35
tv-formatidee: makler*innen müssen sich ohne ihre connections mit einem budget von max. 500€ monatlich eine wohnung suchen

10:36
scheise leude, tchibo hat n onlineshop, ich bin geliefert

10:39
klopapier bei 40 oder 60 waschen?

10:39
sternschnoppe – die sternschnuppe mit noppen

10:40
„boah, du bist ja ständig am handy"

ja mann, ich google, wie man aus unangenehmen gesprächen mit fremden dudes rauskommt

10:43
hab heute ein schild gesehen, auf dem stand: „nur hier in kassel: original holländische pommes!"

10:43
hab gerade im bett ne ganze weile unbemerkt auf einem smartie gelegen und als ich ihn in den mund gesteckt habe, war der kern flüssig und es war nur fantastisch

10:45
die meisten leute, die poetry slam so richtig kacke finden, sind selbst einmal im örtlichen vereinsheim nicht über 4 punkte rausgekommen und das, obwohl sie ihre familie in die jury geschmuggelt haben

10:46
muttersprache t9

10:48
petition, dass alle spinnen gps-sender tragen müssen, nicht wissen, wo die hin sind, ist nämlich das schlimmste

10:48
wenn er kein t9 beherrscht, ist er zu jung für dich

10:49
volontariat beim käseblatt, dem diddl magazin

10:49
make facebookbeziehungsstatus great again

10:49
ich verliebe mich prinzipiell nur in menschen mit vier buchstaben im namen, damit ich ihn in t9 als pin code nehmen kann

10:50
wollte meinem vermieter eine gehaltsabrechnung schicken, aber er meinte, er ist allergisch auf peanuts

10:50
dass man von meinem job nicht leben kann, erzählen mir immer genau die leute, die mich für geld buchen, weil sie meine skills nicht haben

10:52
ich hab doch keine kuscheltiere, ich bin eine erwachsene frau, ich nehme meine unizeugnisse und meinen steuerbescheid mit ins bett, wenn ich mich einsam fühle

10:57
schreibe immer noch (Y), wenn ich den daumen nach oben machen will, ich bin auf msn aufgewachsen

10:57
boah, zum glück ist wenigstens jugendliches aussehen für immer

ELF

die zeit mit einem lineal nachmessen
woher sollen atome das denn wissen
das eis hinten im tiefkühlfach
das liegt da seit elf jahren
ausgerechnet heute will ich es essen
und dann ist es rostig
nimm das kleine messer
und greif einen strahl sonne
und dann wieg, was übrig bleibt
papier ist leichter ohne tinte
der fluss ist leichter ohne damm
sie haben meine geduld kartografiert
die sollen mal lieber die stadtgrenzen neu ziehen
entlang der reviere ihrer katzen

11:00

11:00
bußgelder für kettenbriefe jetzt

11:02
harry potter wirkt auf mich immer son bisschen wie der verzweifelte versuch, latein cool wirken zu lassen

11:02
wo kann ich mir „internet" als zweiten namen eintragen lassen

11:03
bowling ist würfeln in rund

11:07
hab gerade das rückgeld vom schwangerschaftstest in die kindernothilfebox gesteckt lol

11:07

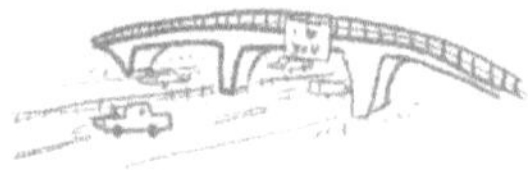

ganz ehrlich, wer nicht bereit ist, mir den heiratsantrag in form eines von einer autobahnbrücke hängenden besprayten bettlakens zu machen, braucht gar nicht zu fragen

11:08

meine ehe besteht den bechdel-test nicht

11:08

welche wandfarbe passt gut zu schimmel

11:08

papa hat gerade zu esspapier „fresspappe" gesagt

11:09

ich häng meine klobürste in die
schüssel wie ein cocktailschirmchen

11:12

camembert aber ausgesprochen wie remember

11:12
wissen die leute, die „abgerechnet wird am strand" unter ihre instaposts schreiben, dass es am strand gar keine finanzämter gibt?

11:13
schlimmste an twitter ist, dass ich merke, dass ich nicht der einzige witzige mensch weltweit bin

11:13
gesten, die metaphern der gefühle

11:13
ich sage nicht, dass ich keine inneren organe habe, ich sage nur, dass es schon ein wenig seltsam ist, dass ich sie noch nie gesehen hab

11:15
ich reserviere in der bahn aus überzeugung* nicht

*4 € pfft, dafür krieg ich 40 center shocks

11:17
ich übe gerade frech gucken

11:18

hab keine ahnung, was meine katze eigentlich beruflich macht

11:18

boah sorry, ich brauch noch mal ne minute, ich bin gerade eben erst geboren worden

11:21

ich hatte den 4you mit jeans

11:21

in welchem job kann man hauptberuflich vollzeit katzen streicheln, weil ich würd mich gern darauf bewerben

11:22

grobi ist nur elmo in blau

11:24

„sex sells" ja aber was verkauft sex denn und hat sex überhaupt gewerbe angemeldet?

11:25
englisch ist nur latein voller anglizismen dont @ me

11:27
würd nur heiraten, um langsamen walzer zu „mutter, der mann mit dem koks ist da" zu tanzen

11:28
was kostet ein kammerjäger (einzelfall, achtbeinig)

11:30
will meinen schwebebahnführerschein machen

11:31
leute sagen, sie seien eine unberechenbare kraft, aber wie mein physikunterricht gezeigt hat, ist für mich jede kraft unberechenbar

11:31
am rucksack meines herzens bist du die kleine diddlmaus am reißverschluss

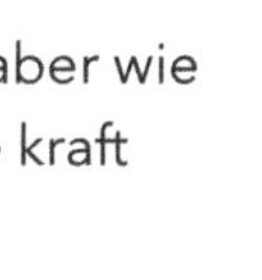

11:32
micdrop ist viel schwieriger mit headset-mikro

11:34
bin inzwischen echt abgebrüht, was den zeitpunkt meines toilettenganges im ice vorm umsteigen angeht, ich wette ich schaff das zwischen bremsen & türöffnen

11:35
Selinakrispy @selinaKristin
kann ich die eier einfach im karton kochen

11:35
herzlich willkommen zu depression vs duschen müssen

11:37
mich hat noch nie jemand genug geliebt für
„in einer beziehung mit“ auf facebook

11:38
für n cuten und dreamy look hilft es,
cute und dreamy zu sein

11:40
will ja gar nicht ins sommerhaus der stars, aber es wäre ja nett,
GEFRAGT zu werden

11:44
im wuppertal meines herzens bist du die schwebebahn

11:45
möchte katzenbabies in meiner umgebung kennenlernen

11:46
coolste an mir ist, dass man, wenn ich schreibe „ich muss noch tanken“ nie sicher sein kann, ob ich meine, dass ich kraftstoff zapfen oder den damage von meinem e-sport-team abfangen muss

11:47
hab gerade den busfahrer gefragt, ob er an meiner haltestelle hält, er meinte: „auf jeden"

11:48
es gibt keinen traurigeren ort als das tropical islands

11:48
für euch getestet: ich bin anscheinend immer
noch laktoseintolerant!

11:51
will wieder in form kommen, aber hab ja nicht gesagt, welche

11:52
und wenn du das zehnmal „akt" nennst, ulli, du bleibst ein 55-jähriger creep, der gerade volljährig gewordene frauen auf seinem provinziellen kack „peoplephotography"-account postet und sich zu wenig schämt

11:52
wenn dieser tweet mal groß wird, wird er ein slamtext

11:52
wie lieb sind eigentlich austern
die sind so „guck mal, ich hab dir was gebastelt" und dann ist
es eine perle

11:53
würd ich meine witzigen slamtexte einfach „satire" nennen,
wär ich safe schon reich

11:53

Er
erklärt mir
das mikrofon
u n g e f r a g t
als ich soundcheck mache
meinen 3. diese woche
Er arbeitet hier nicht
Er hat nur ne meinung
„IMMER 5 zentimeter Abstand zum mic"
lächelnd schiebe ich
das shure™ SM 58 in seinen
A N U S

am 08. märz

11:54
papa sagt jetzt zu jedem qr code „ist das ne luca app"

11:55
meine caprisonne ist im automaten stecken geblieben und die rettungscaprisonne, die ich hinterhergeschickt habe, dann auch

11:59
einzige problemzone, die ich hab, ist die, in der irgendwelche fremden typen unter meine posts kommentieren

11:59
shoutout an meine generation, alle im zug sind u30, chillen an ihren mobilen endgeräten und halten die fresse ich liebe euch leute so klappt gesellschaft

ZWÖLF

ausgehend davon
dass wir unsterblich sind

ob die fliege spürt,
wie gerührt von eigener gnade
das wasserglas wieder angehoben wird
das irrsinnige verlangen
die tapete in einem stück
von einer ecke
ihre parallele entlang
abzuschälen
ich kenne die wege zu gut
die die risse an der decke zeichnen
an der nächsten links abbiegen, elender gedanke

12:00

12:00
brauche eher ein ausdembetthupferl aber ok

12:00
erdbeer und minze ist so eine magische geschmackskombi

12:01
traue menschen nicht, die sachen
mit ihren zähnen öffnen

12:01
Als Gregor Samsa eines Morgens aus unruhigen
Träumen erwachte, fand er sich in seinem Bett zu
einem ungeheuren Shetlandpony verwandelt.

12:01
jetzt wieder ein bisschen stöbern auf
der wikipedia-seite von wuppertal

12:02
ich hab exakt zwei lieblingslieder
1. die titelmelodie von thomas, die kleine lokomotive
2. die technoversion von eine insel mit zwei bergen

kennt noch jemand geile songs mit zügen

12:03
es ist so wild, ich hab eine freundin, die ist zahnärztin, eine, die ist radiomoderatorin, eine kriegt bald ihr drittes kind, ein freund ist wirtschaftsingenieur, einer ist journalist, und ich muss bei der steuererklärung „poetry slam" angeben

12:04
aus wien wegfahren müssen fühlt sich an wie zum
essen gerufen werden beim gameboy spielen

12:05
es ist so ein fucking wunder, wie ich jedes mal alles geregelt bekomme, obwohl ich literally nichts geregelt bekomme
highperforming lowperformerin

12:05
alle boys so lang feministisch, bis sie ihre bros in ihre shows einladen können 🖤

12:06
wie das wort notgeil einfach sein eigenes gegenteil ist

12:06
wenn er smiley statt emoji sagt, ist er zu alt für dich

12:06
wisst ihr noch, der blumenkranz-im-haar-sommer 2014?

12:07
pasta al kukidente

12:10
bin irgendwann mal mit 15 ein bisschen verspannt aufgewacht und es ist seitdem nie wieder gut geworden

12:10
bin für einen emoji-führerschein

12:11
einfach pizza nicht selbst machen

12:12
zunge rausstrecken ist auch nur mittelfinger light

12:12
mein beautygeheimnis?
ich muss mit fast 30 noch jede nacht spange tragen

12:13
heut nacht leuchten die stand-by-knöpfe wieder besonders hell 

12:14
alle adjektive waren zur weihnachtsfeier eingeladen,
bis auf weiteres

12:15
bahngleise ohne snackautomat sind für mich schmutz

12:16
typen hängen sich kurt-cobain-poster in ihr schlafzimmer aber
wenn ich für jeden tag der woche ein anderes
falco-fan-outfit habe, ist das seltsam oder was

12:19

irgendwo saß vor ein paar tagen jemand an seinem mobilen endgerät und hat „gentleman (rosenemoji)" unter ein bild von gerhard schröder kommentiert und ich würd auch gern mal so wenig ficks geben wie der typ

12:20

ICH DACHTE HÜPFBURG MIETEN KOSTET ca. 3000 € ODER SO DAS KOSTET NICHT MAL 70 EURO MEIN GANZES LEBEN IST EINE LÜGE

12:21

hoch die hände, ich bin selbstständig und wochentage sind nur ein leeres soziales konstrukt für mich

12:21

hab eine große irrationale furcht davor, aus versehen mein handy in den briefkasten zu werfen und den brief noch in der hand zu haben

12:21

schade, dass sexismus auf bühnen so unbeliebt geworden ist, ich hätte n komplettes stand-up-set zu männern und ihrer liebe zu schwarzen möbeln und bettlaken

12:22
ich hab gerade meine schwimmflossen ins schuhregal sortiert und… ich hab nicht unrecht

12:23
wie dumm sind murmeln eigentlich, ja hallo, hier hast du ein spielzeug aus GLAS zum WERFEN hehe und
verschluck dich nich

12:24
ein kind „hier könnte dein name stehen“ nennen

12:24
werd meine tochter sophie nennen und sagen, dass das kurz ist für sonnenfinsternis

12:26
würd gern foto von mir auf einer rolltreppe posten mit der caption "ich lasse mich gehen", bleibe aber gerade zu hause, stellt es euch einfach vor

12:28
entschuldigung, kann ich noch jemanden grüßen? dann alle katzen

12:29
hab viel zu bieten, weiß nur nicht, was

12:29
köstlich kommt von tiefkühlkost

12:30
was ich an katzis mag:

– die kleinen öhrchen
– die kleinen pfotis
– die soundeffekte
– die kleinen zähnchen
– den schmus

12:31
meine lieblingskatzen? getigerte, ganz schwarze, die mit anzug, graue, kleine, die mit großen ohren, weiß-graue, die mit kleinen pfoten, die mit weißer schwanzspitze, die mit viel schnurrhaar, orange, schaulspielkatzen aus blockbustern, freche, die, die air biscuits machen, liebe

12:34
der bratmaxe song bleibt an beim sex

12:38
HIER ZÜNDEN LEUTE KIPPEN AN KERZEN AN UND ICH BIN SO SAUER OMG

12:40
auf „ich liebe dich" mit dem facebook-react-daumen reagieren

12:40
roller – immer hartkern

12:41
glaubt ihr, berühmte leute geben damit an, dass sie meine handynummer haben?

12:43
google alert auf falco just to be safe

12:43
bin einzelkind, aber das nächste, was ich je an das gefühl kommen werde, als jugendliche noch geschwister zu bekommen ist, wenn jemand in das abteil einsteigt, das ich vorher seit hannover für mich hatte

12:43
man sollte immer hungrig einkaufen gehen

12:45
nicht fragen, wer vorlesen will, sondern wer noch nicht vorgelesen hat
schüler*innen hassen diesen trick

12:46
www wie entficke ich meinen schlafrhythmus punkt de

12:47
reichtum ist für mich einen frankierten
rückumschlag mitschicken

12:48
platons höhlederlöwengleichnis

12:48
daumen, die pimmel der hände

12:52
bin gestern an zwei jungs vorbeigelaufen und der eine meinte ganz ruhig zum anderen: „hör auf oder ich geb dir einen auf deinen penis"

12:53
@ meine kopfhörer wo seid ihr sagt mal kurz piep

12:53
oh to be ein mit einem geschirrhandtuch zugedecktes ei auf einem frühstücksbuffet

12:54
lange nicht mehr nachts betrunken angerufen worden, um die liebe/ewige freundschaft/einen seitensprung gestanden zu bekommen

12:57
bei survival trainings lernt man tricks für situationen, in die man ohne survival training nie gekommen wäre

12:58
selina seemann sternzeichen sodazitron

DREIZEHN

eine stunde auf der goldwaage
mit marmorkitt an den fingern
einen löffel milch in wasser rühren
hoffen, dass man sich keinen splitter zieht, wenn man über holz leckt
hätte große lust, den erdkern zu zerbeißen
aber kann mich nie richtig erinnern
nichts von alledem könnte ich reproduzieren
nicht den strom, nicht den staub

13:00

13:00
wenn ich aus dem haus gehe, erkläre ich meiner katze immer genau, wo ich hingehe, damit sie sich keine sorgen macht

13:02
seit ich verliebt bin, erwische ich mich häufig dabei, wie ich gedankenverloren seinen namen mit window colour in so coolen graffiti buchstaben male

13:02
jochen schweitzer gutschein für einmal zimmer aufräumen ohne meckern

13:02
hab immer die festnetznummer meiner eltern rausgegeben, wenn irgendwelche dudes nach meiner nummer gefragt haben, und hab gesagt, wenn sie mich wirklich kennenlernen wollen, sollen sie sich bei meinen eltern durchfragen

13:03
hat nie einer angerufen

13:03
geheimtipp schwarze klobürste

13:03
bärlauch ist knoblauch ohne reue

13:04
hinweis für alle studierenden einer geisteswissenschaft: man kann JEDE hausarbeit mit dem wittgensteinzitat über die sprache als grenzen der welt anfangen

13:04
ich komm auf deine fete und frag, ob ich was malen darf

13:06
ich verabrede mich nicht, ich biete nur meet & greets an

13:09
je öfter das bild komprimiert wurde, desto schlechter ist der witz darauf

13:09
finds krass, wie der lieferdienst mir einfach vertraut, dass ich wirklich bargeld zu hause habe

13:09
ich hab meine babykatzen damals „dooley & whiskey" genannt, das hat schon seine richtigkeit, dass ich keine kinder habe

13:10
hab meinen neuen lieblingsduft auf einer reibekarte im aktuellen SPIEGEL gefunden

13:11
alle, die vom dorf kommen, kennen diese eine verrückte nudel aus ihrer schule, die in CHUCKS geheiratet hat

13:11
hab schriftliche division verlernt

13:12
sexschaukeln sind einfach nur glorifizierte klettergurte
hab einen kletterschein

13:12
mir ist gerade eine kleine fliege in die nase geflogen,
die wollte bestimmt n coronatest machen

13:15
wenn er an facebookgewinnspielen teilnimmt, ist er zu alt für dich

13:17
die kleinen patricks möchten bitte aus meinen dms abgeholt werden

13:18
ich scherze häufig über crack, dabei weiß ich nicht mal, wie man das richtig schnupft

13:19
meine skincare-routine ist duschdas 2-in-1

13:20
papa fährt nicht so oft bahn, er liest die db mobil noch richtig mit hingabe

13:21
ist es ahoi brause oder einfach der leckerste badezusatz der welt

13:21
meine nächste masterarbeit schreib ich über die emojis, die meine mama in ihre whatsappnachrichten haut

it's an artform

13:22
die leute lachen über poetry slam und vergessen dabei, wie lächerlich deutscher rap ist

13:22
guten guten tag //
wo finde ich //
den snackautomat

13:22
ich glaube nicht an bwl

13:22
kehre einmal im jahr zur badewanne in
meinem elternhaus zurück

13:22
es gibt immer mal wieder original falco-autogrammkarten auf
ebay und mein geburtstag ist am 11.01. ich sag ja nur

13:23
bonbons sind zäpfchen für den mund

13:23
im namen des mondes
werde
ich euch
positiv bestärken, weil ich nichts von angst als motivator halte

13:23
kann mit achtsamkeit nichts anfangen
schiffe funktionieren auch super mit verdrängung

13:24
ich: öffne mein tiefkühlfach

auch ich (in casper-voice): MEIN EIGENES KLEINES ALASKA

13:26
soll ich der spinne in meinem geschirrspüler sagen, dass das ne relativ dumme idee ist, da zu chillen, oder kommt die da von allein drauf

13:27
ahahaha, das war ja ne MEGA geile idee von mir, dem finanzamt eine einzugsermächtigung zu erteilen, aaaaah, so erfrischend

13:28
leute, die cornern, fanden früher auch eckenrechnen geil

13:29
hab gerade überlegt, was für merch es von mir geben könnte, und dann ist mir eingefallen, dass ich n buch geschrieben habe lol

13:30
mein tagebuch – die kommentierte version

13:31
wenn eine katze auf einen haufen babykatzen aufpasst, ist das dann cat- oder babysitting…?

13:33
ode an das glücksgefühl, ein stück mit kokos in der stipp- & suppenzwiebacktüte zu finden

13:35
warum heißt es eierschale und nicht kükenschale

13:36
war gerade ohne handy auf toilette wie im mittelalter

13:37
hab zwei erzfeinde, alle spinnen und das stück toilettenpapier, das sich auch beim vierten versuch einfach nicht herunterspülen lässt

13:38
diese paar monate, in denen die welt davon ausging, dass das lied, das edward für bella spielt, river flows in you sein würde, sind das nächste, was wir je an weltfrieden waren

13:39
das wup in wuppertal steht für „wup woop was für eine geile stadt"

13:39
ich mag meine männer wie meine haferflocken: kernig

13:39
wurde von oma zum video von „mutter, der mann mit dem koks ist da" aufgeklärt

13:40
irgendwie unerwartet, dass der firmensitz von new yorker in braunschweig ist

13:41
hab gerade ein leeres word-dokument abgespeichert
immerhin ein anfang

13:41
when i'm being sad i stop being sad and think about wuppertal instead

13:43
vielleicht gibt wuppertal mir ein autogramm

13:43
nicht so laut tippen, meine
daten sind sensibel

13:44
wupper me like one of your french girls

13:44
bofrost ist die abkürzung von turbofrost

13:45
softdrinks sind geil gewürztes wasser

13:46
ausbildung im schlaflabor: gähnende lehre

13:47
( ) single
( ) taken
(X) in love with wuppertal

13:48
shoutout an billie eilish, dass sie einfach einen song über ALLE unsere expartner*innen geschrieben hat

13:48
will ne neue droge erfinden und sie zack nennen, dann kann ich immer sagen, dass ich auf zack bin

13:49
will gar nicht schön sein muss gar nicht leiden

13:50
ich bin die witzigste in diesem bahnabteil

13:50
werde meine bühnenauftritte von nun an mit „na ihr promis" beginnen

13:51
mama das internet hat gefragt,
ob ich zum spielen reinkomm

13:52
hab doch nicht 6 monate giftige chemikalien eingeatmet, nur um jetzt nicht „scoubidou" unter „besondere kenntnisse" in meinen lebenslauf zu schreiben

13:52
musiker*innen können wenigstens covern, wenn ich
n text in einer anderen schriftart abschreib,
beeindruckt das niemanden

13:54
das ziel ist doch, so lange witzig zu sein, bis man ernsthaft davon leben kann

13:54
ich rede nicht schlecht über mich selbst, weil das mega misogyn wär

13:55
warum heißt es „selinas rückenmuskulatur" und nicht „schrankwand"

13:56
schlimmstes wort aller zeiten für mich als phobikerin immer noch wäschespinne

13:58
oh mann, zum glück bin ich sehr witzig, so fällt nicht so auf, dass ich auch bildhübsch bin

13:58
ach herrje, jetzt wieder den ganzen tag heiratsanträge bearbeiten

13:58
vitamin d ist kurz für vitamin dieter

13:59
mir reicht's, ich lern meine iban jetzt auswendig

VIERZEHN

ganz ehrlich
der ozean ist nicht dafür gemacht
dass du einen schlüssel dabei hast
den interessiert das gar nicht
irgendwann ist alles durcheinander geraten
und ich kann nicht einmal mehr sagen, welcher wochentag
das war
das war bestimmt ein mittwoch
sonst hätte das haustürschloss noch gepasst
wäre die seitentür der straßenbahn weicher gewesen
hätten die töne beim pfeifen nicht einen halbton daneben
was, wenn es gar keine ewigkeit gibt
und ich gebe mir noch mühe
und loche noch zettel
und loche noch zettel

14:00

14:00
wartet mal ab, bis poetry slam olympisch ist

14:01
hab ich meine tage oder blutet nur mein arschloch

14:02
dieses gedicht heißt:

google alert ins nichts

so viele berichte /
in regionalzeitungen /
die ich nie lesen werde /
weil der bericht /
hinter einer paywall /
steckt /

wie soll ich denn nun wissen /
ob ich ein star war /
auf den fischtagen /
in kleingroßsüderhompel //

14:02
warum heißt es „eine cousine sein" und nicht „basierend"

14:02
ich hasse es so krass, mit „junge frau" angesprochen zu werden, sag doch stattdessen „ageless style icon"

14:02
hab beim duschen gerade einen kompletten fiktiven streit in meinem kopf durchgespielt :)

buch & idee: selinakristin
streitpartner*in 1 gespielt von: selinakristin
streitpartner*in 2: gespielt von: selinakristin
executive director: selinakristin
schnitt & ton: selinakristin

14:03
5 einfache tricks für besseres schreiben:
– entfern den sexismus aus deinem text!
(5 x wiederholen)

14:05
rochen sind nur die verniedlichte form von ro

14:06
halbes jahr vorbei
oder wie wir in diesem haushalt sagen
bettwäsche wechseln

14:08
hab gerade ein neues spiel von den kindern in
meinem workshop gelernt: schere stein schmerz

14:09
ich liebe dich, aber ich liebe die 5 minuten terrine nudeln
in spinat-rahmsauce mehr

14:10
kann mir seit jahren nicht eingestehen, dass ich eigentlich die
orangenen tic tac viel lieber mag als die weißen, weil mir das
kindisch vorkommt

14:10
hatte als kind mal ein buch über zaubertricks, aber
es stand nur drin, dass echte zauberer nie ihre
tricks verraten

14:10
leute, die unironisch so celebrity pics auf insta liken auch ein besonderer typ mensch
glaube, bei denen kommen thermomixe auch gut an

14:11
an einem mann ist mir nur wichtig, dass er bei fifa gewinnt

14:11
ich heb mir die bücher auf für wenn das internet leer ist

14:12
finde es voll okay, dass meine bahncard50 teurer wird, der service wird ja auch laufend besser

14:12
es gibt nichts witzigeres für mich als katzen mit ganz normalen menschennamen. „das ist torsten!" und es ist einfach ein kater hahahahahha

14:13
brauche ne app, die mir die namen der katzen verrät, die ich unterwegs treffe

14:13
ich gender sogar in meinem tagebuch

14:14
selina aus kiel wettet, dass sie allen bahnsteigen im deutschsprachigen raum die zahl zuordnen kann, mit der man am snackautomaten ein milka tender bekommt

14:14
je peinlicher der klingelton, desto länger dauert es, das handy zu finden

14:15
es ist mir so kack egal, ich zieh den hot girl summer auch durch, wenn weder das wetter noch ich wirklich heiß sind

14:16
meine eltern haben, ohne es mit mir zu besprechen, einen neuen wasserhahn in dem haus eingebaut, in dem ich seit 2011 nicht mehr wohne, aber bin trotzdem sauer, dass ich nicht gefragt wurde

14:17
hab gerade meine zehen rasiert,
hot girl summer kann losgehen

14:18
da wohne ich mal 6 jahre nicht in meiner heimatstadt und es gibt ne neue buslinie??

14:18
hab heute auf dem wochenmarkt auf die frage, welche kartoffelsorte ich haben möchte, mit „überraschen sie mich" geantwortet und das ist ungefähr das thrill-level, auf das man sich mit mir einlässt

14:18
hätte mein spiegel-abo nicht gekündigt, wenn wenigstens ab und zu mal ein stickerbogen beigelegt worden wäre

14:19
die wupper hat so schön geprickelt in meinem bauchnabel

14:22
mein beautygeheimnis? ich piss in die dusche

14:26
tupperparty? more like wupperparty

14:26
meine lieblingsfarbe ist goldgelb gebacken

14:28
bin gerade vor die haustür gegangen und wurde von zwei mir fremden männern mit „hallöchen popöchen" begrüßt und alles, was ich dafür machen musste, war einen körper haben und existieren

14:29
wann macht endlich der recyclinghof wieder auf, ich will sperrmüll in die vier sortieren zur entspannung

14:30
pandemie:

ich: na, wenigstens brauch ich mir jetzt nicht mehr einreden, dass ich mir auch für „mich selbst" die beine rasieren würde

14:30
was soll das heißen, das geldsackemoji zählt nicht
als kryptowährung...?

14:30
kann doch kein zufall sein, dass 1 portion katze genau
auf meine oberschenkel passt

14:30
besen – die leisen staubsauger

14:31
hab gerade einen bilingualen gedichtband mit
niederländischer lyrik im antiquariat gekauft und bin
jetzt recht sicher, kein teenager mehr zu sein

14:32
mein lieblingsessen ist koffein

14:32
mark forster, max giesinger und johannes oerding sind eine
person

14:34
glaub, falco ghostet mich

14:35
ES IST WOCHENENDE UND AM WOCHENENDE DARF ICH NICHT GEÄRGERT WERDEN

14:36
ich beim badputzen:

die geste zählt

14:39
idee: toffifee, aber statt der nuss ein giotto

14:39
es heißt ja poeTRY slam, nicht poeCAN slam

14:40
ich will geld, ohne was dafür zu tun :(

14:41
lieber gott / bad gott

14:41
wann steigen diddlblätter endlich im wert

14:42
mein erster celebrity crush war happy von tabaluga tivi

14:44
auf erotikportalen such ich immer nur nach wuppertal

14:45
war gerade traurig, dass ich meinen red bull zu hause vergessen hab und hab dann einen anderen in meinem rucksack gefunden. ich bin ein eichhörnchen, aber mit energy

14:45
finding out the hard way, dass das kein softclose-klodeckel war

14:47
kann man bei pfannen den stiel mitessen?

14:48
croûtons sind so edel

14:52
oh to be eine fritte being warmgehalten by the mcdonalds warmhaltewanne

14:53
ich: liest du mir eine gute-nacht-geschichte vor?

auch ich: *hält dir den ausgedruckten wikipedia-artikel zu wuppertal hin*

14:55
die sonne wohnt in der ecke des blattes

14:55
love island aber auf pellworm

14:56
müdy gonzales – die müdeste maus von mexiko

14:57
war gerade richtig mad, dass es keine liegeduschen gibt, dann fiel mir das konzept badewanne ein

14:58
fuck it, ich kauf mir nächste woche so ne geile neongelbe reflektorjacke im baumarkt, ich find die schick

14:58
mutter, der mann mit dem feminismustext ist da

14:58
bin immer richtig mad, wenn jegliche literaturpreise nicht an mich gehen, obwohl ich mich nicht beworben hab

FÜNFZEHN

hab heute einen seestern erfrieren sehen

das licht des tages ist schon wieder schmutzig vom spielen
nach hause gekommen
ist im gras hingefallen
hat sich bekleckert
hatte streit mit den nachbarskindern
seit jahren versucht man hier weisheit zu erlangen
von der seite einer cornflakespackung herunter
meine schlimmste angst
wahrscheinlich zu lang unter wasser zu bleiben
fürchte mich vor dem meer
oder eher der tiefe

15:00

15:00
du nennst es „bei google maps nah an wuppertal heranzoomen"

ich nenne es „selfcare"

15:01
@ selina kristin
twitterstr. 154
13337 internet

15:02
größte lügen meiner kindheit:

– mit der blauen seite des radiergummis kann man tinte wegradieren

– diddlblätter werden mal richtig was wert sein

– wenn du studierst und hart genug arbeitest, wirst du ein einkommen haben, mit dem du bis zur rente bequem leben kannst

15:03
ja, ich trag jeden tag dasselbe outfit, it's called continuity, duh

15:04
lol mein verleger hat mich gerade gefragt, was ich beruflich mache

15:05
warum funktioniert yoga, das ist doch nur langsam den körper falten, geht mir nicht in den kopf

15:06
ich verwechsle beim schreiben sehr oft auch und auf, aber das macht auf keinen unterschied

15:07
poetry slam in the streets,
roman schreiben in the sheets

15:09
i'll be your wupper
you'll be my tal

15:12
die coolsten girls der clique sind immer die, deren spitzname ihr nachname ist

15:12
wartet mal ab, bis ihr steuern zahlen müsst, da werd ich plötzlich richtig attraktiv als ehefrau

15:12
paris – das wuppertal frankreichs

15:12
wenn ich sage, wir können uns auf n drink treffen, dann meine ich einen energydrink

15:13
karius und baktus revisited: die ganze geschichte aus der sicht der zahnbürste

15:13
bücher für leute, die auch immer geheult haben, wenn papa versucht hat, mathe zu erklären

15:13
lohnsteuer? more like lohntsichnichtsteuer

15:16
künstler*in sein – die aufregende mischung aus freiheit und existenzangst

15:17
wenn irgendwas runterfällt und leute sagen „oh, das macht sich selbstständig, haha“, will ich dem ding einfach nur raten, sich ne festanstellung zu suchen, weil versicherung, steuern & papierkram wirklich jeden lebenswillen rauben

15:17
energydrinks haben in der krise mehr für mich getan als die bundesregierung

15:17
küsst du deinen feminismus mit diesem mund?

15:18
ich bin die zielgruppe für diese videos, in denen leute durch wuppertal fahren und das filmen

15:20
meine freund*innen sind wie so usb-sticks voll mit unseren storys

15:21
ich like ständig so witze über crystal meth, als würd ich nicht schon bei dem gedanken daran, an einer zigarette zu ziehen, nervös anfangen zu kichern/schwitzen

15:22
würde meine kinder nach euch benennen, wenn ihr geilere namen hättet

15:24
nervt, dass ich die entertaste
nicht als passwort nehmen kann

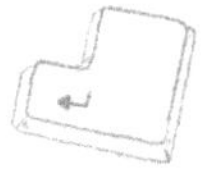

15:24
dachte immer, fanpost bestünde aus handgeschriebenen briefen, kuscheltieren und getrockneten blumen, aber in wahrheit sind es nur nachrichten von mittvierzigern auf meiner facebookseite, die fragen, was meine tattoos bedeuten und ob ich zeit zu chatten hab

15:24
ihr wart alle geiler, als ihr noch nicht von dem leben musstet, was ihr macht

15:27
sollten e-mails je diese empfangshaken bekommen, ist es vorbei für mich

15:27
wilde tiere UND karussells den GANZEN tag????

15:27
werde diesen monat leider wieder nicht mitarbeiterin des monats und dabei bin ich solo-selbstständig

15:28
bin ein sexsymbol, aber halt für sehr mittelmäßigen sex

15:29
neumünster oder wie ich es nenne: „münster II – jetzt wird zurückgemünstert"

15:29
das einzig negative an wuppertal ist, wenn man wieder wegmuss :(

15:32
wie oft kann ich an aufeinander folgenden tagen pizzabrötchen beim gleichen lieferdienst bestellen, ohne dass es auffällt?

15:33
hab gerade „elegante klobürste" gegoogelt, lasst mich einfach hier liegen

15:34
seitenspiegel sind die schnurrhaare des autos

15:34
schicke statt pressefoto ab jetzt einfach ein bootypic mit

15:36
würde gern das gerücht streuen, dass mein handy gruppennachrichten nicht kann

15:38
you can't rush eyeliner

15:38
furzen ist schnurren mit dem anus

15:40
hab gerade „ich liebe dich" zu einer katze gesagt und sie hat geschnurrt
leude, ich bin vom markt

15:40
hab auf insta gepostet, dass ich eine wohnung in kiel suche. die schönsten antworten:

– hättest du das vor 2 monaten gesagt
– willst du nicht nach (anderer ort) ziehen?
– 400 €? dafür kriegst du woanders nicht mal einen stellplatz
– mein freund sucht auch

15:41
warum heißt es reflexion und nicht selbstverständlichkeit

15:42
die rechte arschbacke ist für die kreativität zuständig

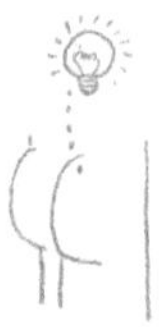

15:43
geschäftsidee: lieferandom

du kriegst einfach irgendwas geliefert

15:44
noch nie ne uncoole antonia kennengelernt

15:44
bwl ist nicht echt, ist wie homöopathie

15:47
sprite ist das regionalfernsehen der softdrinks

15:48
warum fühlt sich cola aus kaffeetassen so falsch an?

15:50
urlaub im dvd-menü

15:50
weiß immer nicht, was ich antworten soll, wenn ich gefragt werde, wie es ist, irgendetwas als frau zu machen. kein plan digger, stressig? wie isses denn als mann, pimmelig?

15:50
warum hab ich eigentlich nie in betracht gezogen, einfach duscharmaturen zu verkaufen, mein leben wäre wahrscheinlich leichter

dichtungen statt dichtung lol

15:51
wurde gerade für die reiningungskraft der öffentlichen toilette gehalten und bin voll geehrt, dass jemand mir eine festanstellung zutraut

15:51
chicken leg is short for chicken legend

15:52
es gibt zwei orte, an denen hochgesteckte haare noch existieren:
auf dorfkonfirmationen und in heinz-strunk-büchern

15:52
ich trete meinen uterus gleich zurück

15:55
das einzige, das immer noch beeindruckend ist, wenn man es nur halb macht, ist marathon laufen

15:56
einmal das selbstvertrauen haben, mit dem deutsche typen ihre meinung zu taktik & aufstellung amerikanischer football teams in facebookkommentarspalten kundtun

15:57
meine love language ist den toilettensitz wieder festmachen

SECHZEHN

eine mandarinenschale ist die erwartung
jemandes vater kennt den weg aus dem kopf
dem buch den rücken zu einem drittel gebrochen
salz, blut, himbeer
ich erinnere mich an diese gefühle
aber von außen, nur von außen
drei dinge kannst du mitnehmen
und du wählst keine feder
wie schwer willst du es dir denn machen
alles klemmt.
etliches schild hab ich mit den augen umrandet, hab die
flächen gezählt, die die schrift abgrenzt
und nie hat jemand gefragt, wie viele es denn waren
aber hey, hellblau ist warm, tiefblau ist arktis und endlich
weiß ich: ich mag den geschmack von haselnüssen nur, wenn
ich ihn mir vorstelle

16:00

16:00
hier mein zahlenranking

1: 9
2: 2
3: 7
4: 3
5: 1
6: 4
7: 5
8: 6
9: 8

16:00
ich kauf meinen kindern doch kein spielzeug, wofür hat mcdonalds denn das happy meal erfunden

16:01
next stop wien zentralfriedhof
falco, ich hol dich da raus

16:03
auf wg gesucht geghostet werden kickt besonders

16:04
auf dem mcdonalds-parkplatz in bad nenndorf bin ich wer

16:05
mc drive in mein herz

16:06
rastplätze mit burger king statt mcdonalds
sind in meinen augen dreck

16:06
das h in „die region um kassel" steht für handyempfang

16:07
@ alle katzen ich lieb euch

16:07
hab extra für meine tätowiererin meinen großen zeh rasiert

16:09
Ob der Platz neben ihr noch frei sei, fragt der Mann und lächelt sanft. „Ja, aber da ist ein Kotzefleck", haucht sie zurück. Mit misstrauischen Fingern betastet er die Stelle. Na ja. Er setzt sich. Sie schweigt.

16:09
„Eigentlich müsste jeder, der einen iMac benutzt, den einmal auseinandergebaut haben, um das technische Gerät an sich überhaupt wertschätzen zu können" – sagte mein Zahnarzt, als er mir den billigeren Zement in die Füllung drückte.

16:10
will einen kater haben und ihn champ nennen. kann dann immer „hey champ!" rufen und sein voller name ist champignon-rahmsoße

16:11
cro ist kurz für croissant

16:13
einzig krisensicherer job ja im prinzip adelsexpert*in

16:13
pferdebordüren wieder nach vorne ficken

16:14
i peaked in oberstufe

16:22
könnt ihr bitte wieder fotoalben auf facebook hochladen, vermisse eure „andis b-day 03.04.2006“, „toscana mit schatzy“ und „me, myself & i“s

16:24
setze jetzt einen trend und mach mir ne diddlmaus an meinen rucksack

ihr wollt die 90er zurückbringen? DAS waren die 90er

16:25
das meer ist noch da

16:26
ich hab den literaturnobelpreis nur als sprungbrett genutzt, um poetry slam machen zu können

16:26
seit 2007 keine e-mail mehr bekommen, die spaß gemacht hat

16:28
kenn mich nicht so aus mit religion, aber koriander kommt safe direkt aus der hölle

16:30
junge, ich war nicht einmal offline seit 2003

16:30
bin erst sexistin, seit ich einen sohn hab

16:34
backen ist beschissenes kochen

16:35
das finanzamt hat mehr angst vor mir als ich vor ihm

16:38
weißer bastelkleber ist eine
erfindung der art attack lobby

16:40
bin gerade zu besuch und nicht sicher, ob ich das klopapier mit den witzigen sprüchen drauf anbrechen darf oder ob das deko ist

16:41
fruchtzwerge selbstmacheis hat mich zu der entrepreneurin gemacht, die ich heute bin

16:43
es war der winter der serviettentechnik
es war der herbst der physalisdeko
es war der sommer der statementketten
es war der frühling der powerarmbänder

16:43
nimm zwei bei kallwass

16:43
bin sterntaler, aber die taler sind aus scheiße

16:45
treppenlift im bungalow

16:49
ich hab gerade so heftig prokrastiniert, dass ich ein neues facebook-profilbild eingestellt habe hilfe

16:50
dieses jahr verschenk ich selbstgestaltete toilettendeckel zu weihnachten

16:51
muss mich mal aufrichtig bei meinem mailprogramm entschuldigen, ich sag so oft, ich hätte mails nicht bekommen, obwohl es seinen job echt toll macht

16:52
pornhub ist kurz für pornohubert

16:52
euer pixi zeigt euch heute, wie man crack kocht

16:54
niemandem mit 20+ facebookprofilbildern über den weg trauen

16:54
schon komisch, dass alle erst unter ihre schuhe gucken, wenn's plötzlich nach scheiße riecht und nicht an ihren arsch?

16:54
oma hat heute snacks „schnecks" ausgesprochen und das find ich viel geiler

16:55
oh lol, dachte bradley cooper & matthew mcconaughey wären der gleiche

16:56
ich: sehe eine katze
ich: kann ich die bitte haben

16:57
wer den klodeckel runterklappt, hat was zu verbergen
meine meinung

16:57
sagt eine perle zur anderen: nur mutt

danke bucht auch ihr mich für euren 70. geburtstag

16:59
hab einen katalogehemann

also er schneidet da gerne sachen aus

16:59
pommdöner sind auch einfach nur loaded fries

SIEBZEHN

was muss ich tun
damit der mond mich in betracht zieht
ich würd sein zimmer aufräumen
seine steuer erklären
ihn kratzen an der stelle an seinem rücken, an die er nicht
rankommt
würd italienisch lernen für ihn
schönen lippenstift auftragen
ein kunststück auf einem pferd erlernen
ihm blumen schicken von fleurop
ein gedicht aufsagen
ich würd den wasserkocher entkalken
ihm die blätter aus der regenrinne holen
und dafür will ich einzig
von mondwinden zerfressen werden

17:00

17:04
ich hab irgendwie kein strandhaus in irland bekommen zu weihnachten, da muss eine verwechslung vorliegen

17:05
meine haare sind literally 5 minuten perfekt
und das sind exakt die 5 minuten, bevor sie
das nächste mal geschnitten werden

17:06
subway
mann: „bitte nur rote paprika. ich mag die grüne nicht"
subwaymann: „wer mag das schon"
langer, tiefer blick in augen

17:07
die gartenkralle gold ist das einzige statussymbol, das mir was bedeutet

17:09
cute date idea: durch die lingerie abteilung des örtlichen real,-schlendern

17:10
shoutout an meine foursquare, ping und meinvz accounts
werde euch nie vergessen

17:12
männer schicken mir keine dickpics,
männer schicken mir gedichte

17:13
OBI – Hier kommt der Genuss!

17:15
hab mir gerade voll sorgen darüber gemacht, dass backöfen so schwer zu reinigen sind und nach hausmitteln gesucht und mich dann daran erinnert, dass ich gar keinen backofen in meiner wohnung habe. kann mich bitte jemand heiraten

17:15
hoffe, es geht den fetakäsewürfeln im präsentkorb im kofferraum meines autos gut

17:16
hab keine feinde außer diese dummen fliegenden fische in super mario land

17:17
papa hat gerade zu autoreifen
„puschen" gesagt

17:18
hätt ich dich heut erwartet
hätt ich fruchtzwerge selbstmacheis da

17:18
komm, telefonier doch im ruhebereich, du business-mann, ich hab bock auf kämpfen

17:19
mag meine männer wie meine zahnbürsten: ultrasoft

17:22
in hundejahren bin ich erst vier

17:26
ich bring ein kochbuch raus, es sind einfach die leeren verpackungen meiner liebsten fertiggerichte zusammengetackert

17:27
wie findet ihr „leude, es ist auch mein erstes vorwort" für das intro zu meinem buch?

17:27
im überfüllten bus der linie 502 reicht es dem jungen mann, er meldet sich noch im stehen bei der nächstgelegenen fahrschule an

17:27
5-minuten-terrine auf gewisse art auch einfach superbowl

17:28
auf e-mails antworte ich innerhalb von 365–366 werktagen

17:28
ich frage meine mama nach einer telefonnummer und sie schickt mir ne sprachnachricht, in der sie sie mir durchgibt. die technik hat mehr angst vor meiner mutter als sie vor der technik

17:30
im ikea versucht ein junger mann aktuell verzweifelt,
seine eltern davon zu überzeugen, dass er ein bett braucht,
das breiter als 90cm ist – ohne zu sagen,
dass er bereits sexuell aktiv ist

17:30
– fuck, wie sollen wir nur unseren neuen kraftstoff
nennen?
– denken sie sich einfach was aus
– super

17:32
ahahahah schade, dass ich selbstständig bin, ich hab jetzt nämlich wieder gta v

17:35
alles, was ich will, ist einen roman schreiben, der den rest meines lebens meine rechnungen bezahlt und mit rechnungen meine ich die raten fürs haus mit meerblick und katzenfutter

17:35
ich lerne jetzt auf kommando weinen, damit ich jedes mal verzweifelt in tränen ausbrechen kann, wenn mir mal wieder jemand sagt, dass meine tattoos nicht mehr weggehen

17:36
ohrenschmalz – der verbotene snack

17:37
wissen viele ja gar nicht, aber eichelkäse darf sich nur so nennen, wenn er auch wirklich aus der eichel kommt

17:37
meine finger
die dich berührten
an dieser stelle an deinem nacken
sie
riechen immer noch nach
einem 20er chicken mc nuggets
2x curry, 1x süßsauer

17:39
müd ist kurz für müde
müdi ist kurz für müdiger

17:40
werde meine tochter thomas nennen, damit sie dax-vorstand werden kann, wenn sie möchte

17:41
staubsaugerbeutel sind die teuerste flüssigkeit der welt

17:41
eine frau hat mir gerade erzählt, dass sie reiki an ihrem huhn ausprobiert hat und dass es seitdem wieder eier legt

17:42
boomer: ich schwöre auf diese medizin, die ist pflanzlich

auch boomer: dein weihnachtsessen ist pflanzlich? omg, bleib mir weg damit, sonst werd ich noch krank

17:43
wenn man morgens gleich ins bett macht, startet man in den tag mit dem gefühl, schon was geschafft zu haben

17:43
aha, bei meiner katz heißt das also „weißes fell" und bei mir „wenn sie wollen, kann ich die grauen haare direkt tönen"

17:47
der mensch* besteht zu 70 % aus wasser**

* ich
** red bull

17:49
wer mir zuerst hundert euro überweist, gewinnt

17:50
gabelstapler implizieren, dass es besteckstapler gibt

17:50
1999 das letzte mal ein freundschaftsarmband bekommen
und das hat mama mir gekauft

könnt ihr nicht flechten

17:51
es ist keine frauenfigur, wenn sie sich nicht mindestens einmal
pro kapitel die haare hinters ohr streicht

17:52
bargeld ist spielgeld und nicht echt, deshalb kann man davon so viel ausgeben, wie man will!

17:54
man kann bettwäsche bedrucken lassen, und wenn ihr falco bei google eingebt, kommen viele gute bilder, ich lasse das nur mal hier stehen zb als geschenktipp

17:55
mein beautygeheimnis? ich bin witzig

17:57
ich schwöre, dass mein bh-träger seit 2005 durchgängig verrutscht ist

17:58
warum misstrauen mir museumswärter*innen so krass who hurt you

ACHTZEHN

huch
ich glaub, ich bin in flammen aufgegangen
da schwimmt ja ein prospekt
bügelperlen 11,39 euro
die menschen, die sich wütend im bus umdrehen
blicken vielleicht gar nicht zu mir
ich halte den lichtschalter seit drei wochen auf der schwelle
zwischen an und aus
da, wo es britzelt, sollst du sein
erneut ist eins meiner beine über den bettrand geschwappt
hat nach der fliese gegriffen und klebt da jetzt im linoleum
wie irgendwas, das klebt
leim oder so

18:00

18:01
je nach vorliebe kann son diva cup auch ne heiße tasse sein

18:02
ich hasse es, dass meine nachbarn wissen, wo ich wohn

18:02
jemand hat mir macht über die bluetoothbox gegeben und jetzt wird hier erst mal gemütlich out of the dark über die dächer wiens gebrettert

18:03
shoutout an blu-rays – ihr habt es echt versucht

18:03
einmal so viel selbstvertrauen haben wie die frau, die sich gerade völlig schamlos fairytale gone bad von sunrise avenue im radio gewünscht hat

18:03
bisasam – positiv
bisaknosp – komparativ
bisaflor – superlativ

18:04
neue slogans für gemüse:

zucchini – das scheißgemüse

18:06
hab gerade beim sex ganz normal dragostea din tei
gesungen und wurd komisch angeguckt??

18:08
das geheimnis meines erfolgs? direkt aus dem topf essen,
um kein geschirr dreckig zu machen

18:10
ich bin ein partyanimal, aber ich sag nicht, welches
okay, es ist die garnele

18:11
mein ehemann will mich in 10 jahren für ne ältere verlassen

18:11
warum schmeckt wasser nicht nach softdrinks mann

18:12
benzin schmeckt ja gar nicht

18:14
hä, ich sag immer „pass auf dich auf" zum abschied zu meinen
freund*innen und dann rauchen die und essen ungesund
am i a joke to you

18:15
am meisten vermisse ich am letzten jahrhundert gelkerzen

18:15
eier elf minuten

18:17
was würden influencer*innen nur ohne
ihre schwangerschaften machen.
hoffentlich performt das ultraschallbild gut

18:17
schmerzt bis heute, dass ich die unterwasserbarbie nicht bekommen hab

18:18
hab heute eine musikerin gefragt, was für musik sie macht, und sie meinte „ich mach geräusche und singe dazu", und prinzipiell hat sie ja recht

18:19
ich benutz geldscheine als lesezeichen, damit alle wissen dass ich reich UND kultiviert bin

18:21
überlegt doch bitte nur mal, was für geile instafotos ich auf dem mond machen könnte

18:21
wie nennt man das phänomen, sich die eigene sprachnachricht noch mal in voller länge anzuhören, nachdem man sie gesendet hat?

18:22
bumsen und vorher einen schaumwein trinken: seks

18:24
in flirtratgebern steht, ich soll mit meinen haaren spielen.
ja, wie denn, die können ja nicht mal würfeln?

18:29
hä, warum soll man denn keine katze im sack kaufen, für mich könnte nichts potenziell toller sein

18:30
foto von kleinkind
bildbeschreibung:
„herzensbrecher"
„aufreißer"
„frauenschwarm"

kameraschwenk zu mir:
„trockenes würgen"

18:30
kann renaissance schreiben, ohne nachzugucken
renaissance
hab nicht nachgeguckt

18:33
es war legit alles gut, bis sie die polly pockets auf einmal größer gemacht haben

18:34
fand radu, dan und arsenie alle gleich süß

18:36
weiß jemand, wo ich den roman von dirk rossmann bekommen kann

18:37
hab dem liefermann gerade 2 € trinkgeld gegeben und er meinte einfach „hä ehre"

18:38
bin hauptberuflich society lady

18:38
hasse, wenn leute plötzlich den messenger wechseln
halt stopp, jenni, du bist meine whatsapp-freundin, komm aus meinen insta dms raus

18:39
einbrechen, es aber nicht so meinen

18:43
rechnung kommt von rächen

18:47
geschäftsidee: crocaine

normales croissant, aber halt koks statt mehl

18:48
ES GIBT EIN FALCO-THEMED RESTAURANT IN WIEN UND DAS SAGT MIR NIEMAND???!!

18:49
heute hat jemand über einen golden retriever gesagt, dass er „blond" sei und ich kann seitdem an nichts anderes denken

18:50
1986 sang falco in seinem song „emotional": „ich weiß, dass die frau, die mich erträgt, noch nicht geboren ist, aber ich bitte dich, komm zur welt", und sieben jahre später wurde ich geboren, das kann doch kein zufall sein

18:50
wünschte, meine sneaker würden mal so weiß bleiben wie die gästelisten in deutschen talkshows

18:49
immer, wenn ich hochstaplersyndrom erlebe,
erinnere ich mich daran, dass anne geddes babys
in blumentöpfe gesteckt hat und damit berühmt
geworden ist, und dann geht es wieder

18:50
so super fand ich den markt gar nicht

18:54
antworte nur noch mit „danke, kenne schon genug männer"
auf dms von fremden typen

18:54
tschuldi seems to be the hardest word

18:55
ich werde auch im kommenden jahr weiterhin niedlich niesen

18:56
ich princess-parke in euer herz

18:56
selina ist kurz für selinawasgeht

18:56
mein cousin hat gerade „hated but proud" unter sein spiegelselfie geschrieben, dabei hasst den wirklich niemand, der ist total nett

18:56
hab gerade auf „ich wollte dir einfach mal ein kompliment machen" mit nee danke geantwortet

18:57
hab gestern ein bisschen länger als nötig überlegt, wie ich wohl meine eingestaubten schwimmflossen sauber bekomme

18:57
goldmarie & crackmarie

18:58
ich such jetzt auf facebook unbeantwortete geburtstagsglückwünsche und bedank mich einfach statt der person, an die das gerichtet war, will mich mal wieder spüren

18:59
bin erst seit einem jahr 28, ist noch ganz frisch

NEUNZEHN

hab mit goldenen fingern mich
ins rückenmark gegraben,
um dir reflex zu werden
orientierungslos, zeitlich
warten auf den ersten bus oder die zweifel
haltlos
komplimente wie an herdplatten festgebranntes salzwasser
kann orion sehen von hier
ohne meinen kopf zu verdrehen
es tropft immer noch staub in die rillen
die wir in die kissen geschürft haben
dich lieben macht müde

19:00

19:00
mineralöle aber wie hallöle ausgesprochen

19:00
hab keinen respekt vor gorgonzola

19:02
noch nie was mit einem scheck bezahlt

19:03
meine mutter hat mich gerade „mama“ genannt lol

19:05
in einem paralleluniversum ist falco seit er acht
ist mein größter fan

19:07
in jedem freundeskreis kennt eine*r casper „von früher“

19:09
ich kleb mir folie an die wand und sag, das ist ein wandtattoo, aber noch frisch

19:10
mein vater hat gerade seinen nacho als „keks" bezeichnet

19:11
es ist keine schande, keinen content zu machen, wenn man einfach nichts zu erzählen hat

19:13
fantasy wurde nur erfunden, weil autor*innen keinen bock mehr hatten, ständig gefragt zu werden, ob „das alles autobiografisch" ist

19:17
ich darf nicht bei ebay kleinanzeigen nach haustieren gucken
ich darf nicht bei ebay kleinanzeigen nach haustieren gucken
ich darf nicht bei ebay kleinanzeigen nach haustieren gucken
wie soll ich gizmo,
2 jahre, stubenrein,
jemals wieder vergessen

19:17
i take the n out of trauring

19:17
meine katze darf sich was beim lieferdienst aussuchen

19:18
tweets für leute, die ihr malbuch mit filzern ausgemalt haben

19:19
wir sind bestimmt alle nur so unglücklich, weil wir nicht auf die wandtattoos gehört haben

19:20
so müde, wie ich nachm masturbieren werde, müsste meine klitoris eigentlich snooze button heißen

19:21
eau de tusch

19:21
selina s. aus kiel wettet, dass sie schon am bahnsteig exakt vorhersagen kann, wer stressig wird im ice-abteil

19:21
wo kann ich meinen neuen xxl-hoodie als hauptwohnsitz anmelden?

19:21
früh aufstehen hat so krasse bwl-vibes

19:24
lieber bei der thermomix-präsentation weinen als auf der tupperparty

19:27
niedlich sein wieder nach vorne ficken

19:28
walgesang, aber es ist kuschelrock

19:32
wenn er den smiley mit nase macht, ist er zu alt für dich

19:34
aszendent niedlich

19:34
mama hat gerade die line „i can be your puerto rican dream" mitgerappt und sie hat es sehr überzeugt getan, dafür, dass sie aus schleswig-holstein kommt

19:35
selina seemann aus kiel wettet, dass sie 8 stunden am stück schlafen kann

19:36
neuer pressetext: „selina seemann ist bühnenautorin, moderatorin und eine süßmaus"

19:37
zahnpasta… aber auf brot

19:37
an alle, die mir am weihnachtsabend einen heiratsantrag machen wollen, sprecht euch bitte ab, damit es nicht zu überschneidungen kommt zeitlich

19:39
ich kann es nicht mehr länger mit mir herumtragen. ich mag käsekuchen nicht so gern

19:39
einziges verbindendes merkmal der leute, die whatsapp stories nutzen, ist, dass diese menschen kinder haben

19:39
warum heißt es backrezept und nicht tartehergang

19:43
niedlich, kaufen, wohnen

19:44
fühlt sich immer an wie weggeworfenes geld, wenn man im ice nicht mindestens 3-mal pinkeln war

19:44
bekannte von mir hatte mal ein date mit nem typen, es lief gut, sie küssten sich leidenschaftlich und wollten miteinander schlafen, als er innehielt, um musik aufzulegen und dann hat er eine cd mit walgesängen angemacht

19:44
ich sag das ganz wertfrei, wale sind majestätisch

19:45
lifehack: ins hässlichste haus der straße ziehen für den maximal schönsten ausblick

19:46
ich träume von einer welt, in der ich rund um die uhr überall rührei bekomme

19:46
ich bin wahnsinnig erfolgreich*

*esse käsebällchen in der badewanne

19:48
alle 15-jährigen riechen nach den lila airwaves

19:51
scheiblettenkäseverpackungen und knack & back-röhren für mich absolute höhepunkte menschlicher ingenieurskunst

19:52
hätte mein ex mal mit der intensität an sich gearbeitet, mit der er jetzt fakeaccounts erstellt, um mir zu folgen

19:56
tanz ist für mich die esotherik der kunstrichtungen

19:56
hab gerade werbung für einen adblocker bekommen

19:56
wurde heute nach meinem titel gefragt und ich meinte: „der akademische?", aber gemeint war nur der ausm poetry slam

19:57
bewerbe mich einfach mal initiativ auf lottofee

19:57
gehörig mundgeruch als feministisches kampfmittel gegen aufdringliche typen

19:57
ich wette, ihr traut euch nicht, mir 100 € zu überweisen

19:57
wie sexy ich gern wäre, steht in diametralem gegensatz zu, wie lecker ich eiersalat finde

19:58
früher stand mir die welt offen, jetzt steht sie mir zu

19:58
kaninchen sind supersüß und richtig krass langweilig

19:58
fremde frau und ich haben uns gerade auf kleinanzeigen
„komm gut durch die zukunft" gewünscht
stefanie, wenn du das liest
ich erzähle meinem tagebuch heute von dir

19:59
will, dass mein lieferdienst mir gerichte vorschlägt, die mich auch interessieren könnten

ZWANZIG

hab dein geheimnis verraten
dem verlust einen kuss auf die stirn gegeben
ein sandkorn zu tief in die augen gerieben
wie viele schlüssel wohl unter wie vielen steinen
efeuspur an fassade
lass mich einfach an der ecke raus
wäre gern einmal weggepustet worden für einen wunsch
hätte gern einmal auf einem dach gelegen
schichte rad auf kies auf teer auf sommerhitze
und hoffe, dass mich jemand einsteckt, um mich zu sammeln

20:00

20:00
überall, wo du auch bist, unbegrenztes wissen, immer für dich da – gott?
nein. fernuni hagen.

20:04
ich könnte so hot sein, aber ich hab halt keinen bock

20:05
will die erste bestsellerautorin auf dem mond werden

20:05
ich hab mir auch nicht ausgesucht, alle songtexte von falco auswendig zu kennen, aber irgendjemand muss den job ja machen

20:06
bin viel zu gut im overthinken, um es nicht zu tun

20:06
pinnwandeinträge auf facebook wieder nach vorne ficken

20:09
meine haare sind ganz tot am ende
wie bruce willis bei sixth sense

20:10
hab nur einen steckdosenadapter und musste jetzt entscheiden, ob ich mein handy oder meinen vibrator auflade

.

.

Gesendet von meinem Womanizer®

20:11
normalise eltern fragen, ob ihr baby schon rappen kann

20:13
wer will n autogramm

20:13
es gibt nubsis und es gibt pinökel

20:14
mein erzfeind ist phillip aus der elften

20:14
wär ich ein auto, wär ich definitiv eins ohne sportmodus

20:14
okay, wir spielen ein spiel, ihr überweist mir jetzt alle geld, und wer am meisten schickt, gewinnt

20:16
das erste mal nach einer woche versuchen, die zahnspange einzusetzen und ich dachte, betrogen werden tut weh

20:18
soll euch von meiner friseurin sagen, dass meine haare „angenehm zu föhnen" sind

20:18
ein tag hat bei mir 24 autogrammstunden

20:21
SO werden babys gemacht???

20:21
ich entkalke leidenschaftlich gern

20:23
mein mix der woche vergisst manchmal,
dass ich auch ne wilde seite hab

20:24
die schreiben vom finanzamt sind so unnötig salty

20:26
dieses jahr bitte keine zeit und keine coolen
gemeinsamen unternehmungen verschenken,
ich will was zum auspacken

20:27
mach den fernseher nur an, damit er sich nicht so allein fühlt

20:27
werde niemals abheben, solang ich ab und zu noch auftritte vor 30 irritierten rentner*innen auf dem land haben kann, das erdet

20:28
„hast du feuer?", fragt die frau am bahnhof mich, und am liebsten würd ich sie jetzt küssen, um ihr zu beweisen, dass ich wirklich keines habe

20:28
ich gender auf ebay kleinanzeigen

20:29
irgendwie auch niedlich, wie ich mich jeden monat wieder frage, warum ich so abgefahren doll bock auf schokolade hab

20:29
finde spannend, dass viele, die beim sprechen gendern, den stopp nicht da machen, wo die maskuline form endet, sondern vorm onset davor, zb „spreche-rinnen" statt „sprecher-innen"

20:29
speichelfleck auf der brille von altem mann, der mir gerade ungefragt die wortherkunft des wortes gynäkologie erklärt hat, wegwischen

20:30
vor dem essen naschen ist eine unkonventionelle lifestyle-entscheidung, aber sie ist meine

20:32
warum heißt es „meine bff hat einen neuen freund" und nicht typveränderung

20:32
dachte gerade, im kioskschaufenster hängen scoubidoubänder, aber es war nur gummitwist :(

20:32
hatte gerade dem impuls, am fernseher ein pop-up wegzuklicken, dabei war es nur eine bauchbinde

20:32
jetzt fußball gucken, damit es sich anfühlt, als würde ER neben mir fifa spielen

20:33
es gibt nur 1,8 milliarden websites im internet, aber voll viele sterne

20:35
wär ich ferrero, würde ich in berlin kinder am bahnhof zoo aufmachen

20:36
boah leude, weiß hier jemand meine steuer-id?

20:36
hab eine tolle brieffreundschaft mit dem bestellbestätigungsservice von lieferando am laufen

20:37
lieb das so doll, mir die verlobungsbilder von leuten anzugucken, die ich im erdkundeunterricht ihre popel hab fressen sehen

20:38
wonderful ist englisch für wuppertal

20:40
füße hochlegen auf dem sitz gegenüber –
verbotene leidenschaft

20:41
bei der dkms muss man angeben, wie man drauf gekommen ist, sich typisieren zu lassen, aber ich kann da doch unmöglich zugeben, dass ich die idee von lena meyer-landruts insta habe, omg

20:41
heirate mich an der raststätte dammer berge oder halt gar nicht

20:42
ich hoff, wenn die mir ein denkmal bauen, kommen die nicht auf die idee, mich auf son pferd zu setzen, ich bin ein katzenmädchen

20:43
voice of germany aber mit poetry slam – junge poet*innen lesen texte, in der jury sitzen die coolen aus der slamszene und dann wird geworkshopt, am ende gibt's n buchdeal

20:43
omg mädelswochenende!!!*

*fortnite spielen mit meiner katze

20:44
grundgesetz: die würde des menschen ist unantastbar

hartz 4 regelsatz: ist das touch?

20:45
meine katze kriegt nen muddizettel, die kommt mit in den club

20:45
shoutout an meinen ex, der meinte, ich könne ja gar nicht bisexuell sein, weil ich ja mit ihm zusammen bin… hahahaha doch, kristoffer, doch

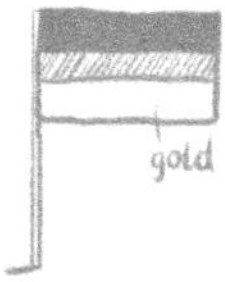

20:46
shoutout an die person, die einer kompletten regierung verklickern konnte, dass das schmuddelige gelb da auf der flagge „gold" sein soll

20:47
seit fünf monaten nicht mehr aufs konto geguckt, ist vielleicht besser so

20:48
ich will einmal ins radio und da falco grüßen

20:48
lichterketten sind auch nur led-streifen mit abitur

20:50
dieser packung leibniz schokokekse hab ich's aber gezeigt

20:52
bis um 23:59 uhr hab ich noch, finanzamt

20:53
du bist, was du isst, na, ich bin dann wohl dieses saugeile kartoffelgratin für die mikrowelle mit bisschen geriebenem gouda oben drauf

20:54
mama hat gerade einen song shazamt. freue mich, euch mitteilen zu können, dass es „die neue scheibe von fool's garden" ist

20:58
mein herz ist ein muskel, ihr brecht es nicht, ihr trainiert es nur

20:58
will später ne wassergeburt aber in energydrink rein

EINUNDZWANZIG

apfelkerne als augen
die ausfahrt verpasst
und ein kind gehalten
aufgeprallt
(damit vertreiben sie tauben)
es gibt fünfminuten und einestunden
darunter, darunter immer erde
ein baum wurde zerrissen
aus anordnung
wunden und narben
sind isotope derselben schmerzen
schade, dass wir die fußleisten nicht damals gleich
mitgemacht haben

21:00

21:03
aftershowparty, aber alle zeigen einfach nur ihr arschloch

21:06
wie viel taschengeld für katze

21:06
autowaschanlage, aber zum abschminken

21:07
meine mutter hat in ihr eigenes toiletten-gästebuch geschrieben:
„mehr zeitungen"

21:09
hab es jahrelang für hoaxes gehalten, dass wuppertal an der wupper und düsseldorf an der düssel liegen sollen, aber das leben schreibt einfach die schönsten geschichten

21:12
fürs kalte buffet bring ich glamour mit

21:12
die sexual tension zwischen unternehmen, die elektrizität anbieten und „i've got the power" als werbesong verwenden

21:12
will merch von meinen freund*innen

also einfach „fabs navarro" auf nem coolen oversized t-shirt oder ne tasse, auf der „tereza hossa" steht, oder ein jutebeutel mit „ich kenn elias hirschl privat" oder schlüsselanhänger

21:12
wir barfen unser kind jetzt

21:14
baue jetzt finanziell auf die rtl-telefon-gewinnspiele bei let's dance

21:14
komme viel besser durchs leben, seit ich fremden männern nur noch mit „lol" antworte und sie dann ignoriere

21:14
du nennst es red bull, ich nenne es
die wichtigste mahlzeit des tages

21:15
das hätte ich auch nicht gedacht, dass das dsds-finale mit mama & papa gucken noch mal mein emotionales highlight des monats wird

21:15
der mann hinter mir im ruheabteil lacht die ganze zeit mega laut, der liest bestimmt mein buch

21:16
manchmal fav ich meine eigenen tweets mit der linken hand, damit es sich anfühlt, als wäre es jemand anderes

21:16
*nsync und bro'sis wirken beide so, als hätten sie gendern wollen und es nicht ganz richtig gemacht

21:17
ob ich den vitaminen auch fehle?

21:18
die freundlichen grüße von meinem finanzamt können mittlerweile wirklich nur noch ironisch gemeint sein

21:21
der einzige mann im online event zum feministischen kampftag hat mir gerade was mansplaint, lol

21:22
kopfsalat impliziert, dass es arschsalat gibt

21:23
„jemandem ein kind schenken" ist mit abstand die weirdeste formulierung für das, was da eigentlich passiert

21:25
bezug nehmend auf deine schülervz nachricht vom 17.04.2008 muss ich dir leider mitteilen, dass ich nicht weiß, was wir in geschi aufhaben, natalie

21:27
mein lieblingsspiel ist, bei naturdokus „das nächste tier bist du" zu sagen

21:29
hab ne fernbeziehung mit meiner katze

zum glück gibt's videotelefonie

21:29
aus liebe in eine andere stadt ziehen, aber aus liebe zur stadt, weil die stadt halt wuppertal ist

21:29
gibt kein weirderes gefühl, als noch was zu ende zu kauen, während man sich schon auf die toilette setzt

21:29
liebe es, mich erst mal durch die shampooauswahl zu sommelieren, wenn ich irgendwo zu besuch bin

21:30
ich komm auf deine baby shower und rap den song aus der maxi-king-werbung

21:31
warum wurd in der schule so viel über cäsar gelabert und so wenig über falco

21:31
hab gerade aufs konto geguckt, hat hier jemand einen gutbezahlten buchdeal für mich

21:32
morgen einfach mal eins MEINER menstruationsprodukte in den hühnerstall legen

21:34
suche sugareltern

21:39
ist bestimmt nur zufall, dass ich den halt verloren habe, seit ich keine stoppersocken mehr trage

21:40
ich vermiss wien, irland und das gefühl, wenn ich das barbiehaus im wohnzimmer über nacht stehen lassen durfte

21:42
meine füße sind 10 von zehen

21:43
ein sexbot hat mich auf instagram gefragt „have any of your dreams come true yet?“ und leider ist bisher weder das mit dem unter wasser atmen können noch die sache mit leonardo dicaprio im heidepark eingetreten, also muss ich glaube ich „nein“ antworten

21:46
em ist fifa in ausgedruckt

21:46
was meint ihr, wie doll würden die mich auslachen vorm auflegen, wenn ich bei der deutschen vermögensberatung anrufen würde

21:47
kenne keinen einzigen hund, der bello heißt

21:49
mama hat nach fotos von meinem neuen tattoo gefragt, aber ich meinte nur „no free feet pics“

21:50
menschen stehen auf frauen, die ihr wurfzelt wieder zusammengefaltet kriegen, ohne auf die anleitung zu gucken (mich)

21:50
typen sliden mir in die dms und weisen darauf hin, dass die moderation für den tigerenten-club ausgeschrieben ist

21:50
bin so viel im internet, ich zahl für das
real life zweitwohnsitzsteuer

21:57
mutter*, der mann mit dem koks** ist da

*liebe mitbewohnerin
** der mann mit der pizza bianco spinaci e feta

21:58
lol wie geil isses, dass ich fast 30 bin und mir in meiner stadt nicht mal ne zweizimmerwohnung leisten kann hahahaha

ZWEIUNDZWANZIG

der geschmack von schwimmflügeln
okay, hör zu
ein kino
aber NACHTS
und aus den fingerabdrücken an deinem glas les ich dir die zukunft
rahm mich ein
und sieh nach, ob der kunststoff von innen beschlägt
(kunststoff ist leichter, dann hält der nagel das besser)
ich will gar nicht wissen,
wie lang der zug hier schon nicht mehr fährt

22:00

22:03
wer noch nie die eine geile düse im schwimmbad gebumst hat, werfe den ersten stein

22:05
nudes ausschließlich als personalisiertes puzzle verschenken, für mich brauchst du geduld, baby

22:06
will nicht drängeln, aber könnte langsam gut mal entdeckt werden

22:08
bluterus maximus

22:08
komplett random und magisch, in wessen enge-freunde-liste ich bei insta bin

22:09
ich hab als kind mal n zeichenkurs besucht und nach meiner dritten stunde meinte die lehrerin: „vielleicht ist expressionismus was für dich"

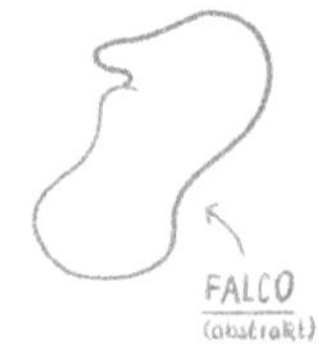

22:10
an welch unterschiedlichen punkten in ihrem leben sich meine freund*innen befinden, erkenne ich an der „enge freunde"-funktion auf instagram: die hälfte nutzt die, um privat fotos ihrer kinder zu teilen, die andere für nudes

22:11
mein usp ist, dass ich wahnsinnig sexy bin

22:13
wurde entgegen meiner erwartungen nie auf einer straße von einem modelcoach entdeckt und das, obwohl ich sogar die super trendy creolen aus der bravo girl getragen habe

22:18
ohne scheiß, ich wüsste so gern, welche frisur zu mir passt, aber ich werds wohl nie erfahren, einmal spitzen bitte

22:18
frage mich, ob mir nachts auch so unwohl wäre, wenn mir nicht seit frühester kindheit eingeredet worden wäre, wie gefährlich das für frauen ist

22:23
lautschrift – jetzt noch lauter

22:23
manchmal auch die low hanging fruits pflücken, sonst werden die schlecht

22:24
für ein bisschen glamour fahr ich durch henstedt-ulzburg, kurbel die scheibe runter und frag, wo es denn hier nach paris geht

22:25
hunden muss man sagen, dass sie ein guter hund sind, bei katzen ist das eh klar

22:26
kurzhorrorgeschichte:
die lieferzeit beträgt durchschnittlich 119 minuten.

22:28
ich lach so doll über die vorstellung, dass mich irgendwann ein kind „oma selina" nennen muss hahahaha

22:30
wo kann man sich bewerben, um „das buch zum film"-autorin zu werden?

22:31
ich will genau 100 jahre alt werden
ist dann nicht so viel rechnen für die historiker*innen

22:32
tomatenmark, die verbotene zahnpasta

22:33
euer pixi zeigt euch heute,
wie man elegant zigarettenstangen bei rewe klaut

22:34
euer pixi zeigt euch heute,
wie ihr drogen aus dem darknet kriegt

22:35
euer pixi zeigt euch heute,
wie ihr ein wasserzeichen auf eure nudes macht

22:36
papa hat gerade gefragt, wie der ball beim football heißt

22:36
„puck?"

22:38
euer pixi zeigt euch heute,
wie man einen molotowcocktail mischt

22:40
schade, dass mein booty mein bestes körperteil ist und nicht mein gesicht, das wird nämlich viel häufiger in lokalzeitungen abgedruckt

22:40
wie cool spaceships sind, steht in keinem verhältnis dazu, wie kacke mathe ist

22:41
wer seinen ipod nano damals nicht mit was peinlichem hat gravieren lassen, werfe den ersten stein

22:42
5 statt 7 prozent steuer auf meine einkünfte sind leider immer noch 0

22:43
bin das ganze paket – migräne, pms, durchfall

22:43
auf kleinanzeigen hat jemand ein regal verkauft und „inklusive kratzspuren von katzen" dazugeschrieben, so als wäre das ein geiles feature, und ich finde das richtig

22:45
ich hab aus einem einzigen diddlblock ein ganzes imperium aufgebaut

22:46
vermisse falco

22:46
dachte als kind, stiftfarben abwechseln beim schreiben wäre der designhack schlechthin

22:48
mails an die steuerberaterin erst mal mit „dickes sorry" anfangen

22:52
ich sag nur so viel: kunstrasen ist günstiger als teppich

22:52
die existenz von kinderüberraschungsei impliziert die existenz von kinderüberraschungshuhn

22:53
okay, hört mal zu:

froot hoops – ohrringe aus cornflakes

22:53
hatte voll vergessen, wie schön duftkerzen sind, bis meine mitbewohnerin vorhin steinbutt gebraten hat

22:55
i put the po in powercouple

22:55
was fürn fiebertraum war bitte die zeit, in der autotelefone ein ding waren

22:56
meine mama hat mal vergessen, dass fasching in der schule ist, aber statt das zuzugeben, hat sie mir schwämme auf eine wäschleine gefädelt, löcher für arme & kopf in einen müllsack gerissen, mir eine klobürste in die hand gedrückt und gesagt, dass ich als „putzen" gehe. lieb sie.

22:56
war gerade gleichzeitig mit der katze auf toilette,
gleich erzählt sie mir bestimmt von ihrem liebeskummer und wir sagen einander, wie wunderschön und perfekt wir sind, während eine von uns auf dem waschbecken sitzt

22:57
ich brauche ne bio auf kleinanzeigen, woher sollen die leute sonst wissen, dass ich witzig bin

DREIUNDZWANZIG

würd gern
in der transparenten seife
bis an den boden tauchen
zähe blasen
hab mir gestern das kinn am helm eingeklemmt
der spezielle verlust der epidermis an der außenseite der
unterseite des linken beines
gebissen auf kiefernnadeln
gefallen auf einen sack zement, der noch sand war

23:00

23:03
zähne putzen, ab ins internet

23:04
hey baby, bist du eine von einem männlichen autoren geschriebene frauenfigur oder warum ist dir nicht bewusst, wie schön du bist?

23:07
nie ist man älter als in dem moment, in dem man sich über den style von jugendlichen beschwert

23:08
lol at mein kontostand
du bist nicht meine richtige mutter

23:08
was spricht eigentlich dagegen, mit einem ausrufezeichen nach meinem namen zu unterschreiben
selina!

23:09
ich blinzel meinem freund immer langsam zu, damit er weiß, dass ich ihn liebe

23:10
kann mich bitte jemand heiraten, das gibt mega viele favs auf insta

23:11
weiß bis heute nicht, wo genau schläfen eigentlich sind
interessiert mich aber auch nicht

23:11
warum heißt es schnurren und nicht schmusizieren?

23:15
find gemein, dass meine hormone mich zum weinen bringen, ich hab euch nichts getan ey

23:17
„untersetzt" auch so ein wort, dass ich noch nie im real life gehört hab

23:17
das einzige, was ich noch weniger möchte als nachrichten von fremden männern, ist youtube premium

23:18
weiß noch alle geburtstage aller mitschüler*innen auswendig,
die ich je hatte und kann die nach den snacks,
die mitgebracht wurden, sortieren

23:31
1 vs 1 ich gegen das finanzamt ohne kneifen rewe parkplatz

23:35
ich bin super niedlich, das sieht man nur schlecht unter der hotness

23:39
immer, wenn in einem zimmer eine spinne sitzt, verlier ich erst mal für eine weile das vertrauen in das zimmer

23:40
bin nicht ganz sicher, ob mein tagebuch den bechdel-test besteht

23:41
beim sex „guten tag willkommen bei mcdonalds,
ihre bestellung bitte“ sagen ist mein guilty pleasure

23:42
lol, wie willst du denn von bwl leben hahaha

23:43
smartphone killed the !!11elf

23:44
danke an meine unerfüllte jugendliebe simone, ohne dich hätte ich „surrender“ von billy talent niemals so intensiv fühlen können

23:44
denk immer, nevio war in der ersten dsds-staffel,
aber war dritte

23:47
lang kein gedicht mehr gewidmet bekommen
(~ 29 jahre)

23:49
was, wenn mein seelenort paderborn ist

23:51
mein hund hat mal eine babykatze mit nach hause gebracht und das ist, was ich meine, wenn ich sage, dass ich von männern supportet werden will

23:51
seit ich nichts mehr bei amazon bestelle, lerne ich so aufregende websites wie schutzfolien24.de oder ritterladen.de kennen

23:52
generell findet man, glaube ich, alles, wenn man nur eine 24 dahinterklatscht

23:52
„für fettiges haar" kann halt auch heißen, dass das dann nach dem waschen fettig ist

23.53
Selinakrispy @selinaKristin
flipper – der lassie der delfine

23:54
bestehe zu gleichen teilen aus trash-tv und hochliteratur

23:54
vielleicht existiert seit heute eine sprachaufnahme, auf der ich mich selbst mit ukulele zu dragostea din tei (von o-zone, nicht haiducii!) begleite

ich bin einsam
so einsam

23:55
tabaluga ist mein vorbild

NULL

ich habe alle umschläge von der faber gewinnlotterie
aufgehoben in klarsichthüllen
jaja, das mit den gehwegen ist verpflichtend
die rasierklingen werden im supermarkt extra gesichert
haben wir den schlüssel eigentlich?
hab ich den wasserhahn
hast du den wasserhahn
einmal steckten noch fünf euro in dem automaten
die hab ich mitgenommen

00:00

00:01
ganz ehrlich, ich würd wahrscheinlich „wer das liest, ist doof" in den mondstaub schreiben hahah

00:06
mein kleiner cousin postet ein foto mit seinen freund*innen
bei instagram rein und schreibt dazu „feels like family"
hallo, bin ich dir nicht genug oder was

00:07
meine top 5 tiervideos

1. süßes entenküken will nicht einschlafen
2. ponys vertreiben wildschwein
3. gürteltier spielt
4. keyboard cat
5. thug life cat

00:08
lol, ich hatte ja voll recht mit der ganzen existenzangst

00:10
das einzig gute an spinnen ist, dass sie keine rudeltiere sind

00:10
selfcare bedeutet für mich, titanic gucken
und nach dem eisberg ausmachen

00:11
nächstes mal, wenn mir irgendjemand ungefragt sagt, dass ich ohne tattoos viel besser aussehen würde, sag ich der jutta einfach, dass ich sie mit nem tribal aufm steißbein auch geiler finden würde

00:12
konzertbesucher*innen nach größe sortieren!

00:19
leute lachen über lyrik,
bis sie ein geburtstagsgeschenk brauchen

00:20
hab ne songidee „put me to sleep when september starts"

00:21
kann franz ferdinand, die arctic monkeys und die kaiser chiefs nicht auseinanderhalten

00:21
einmal noch die art von liebe spüren, mit deren gewissheit man ein komplettes fotoalbum (rom mit schatz 2010) auf facebook hochlädt

00:22
hätte längst die 1.000 follis voll, wenn ich die ganzen fake accounts von meinem ex entblocken würde

00:23
was packt ihr eurer katze in den adventskalender

00:26
liebevolle garnele hat viel party zu geben

00:30
gerade 45 minuten nach dieser einen, ganz bestimmten performance meiner zweitliebsten mozart-sonate gesucht und dann festgestellt, dass es der toptreffer auf youtube war lol, voll die metapher

00:33
party-garnele zum ausbildungsberuf machen

00:34
mein lieblingsmythos ist flaschendrehen

00:34
lange keine selbstgebrannte cd mehr bekommen

00:35
sternzeichen garnele
aszendent party

00:36
das konzept party-garnele macht mich völlig fertig

00:37
brühwürfel auch nur bathbombs für suppen

00:38
esse meine gut & günstig käsebällchen mit löffel, damit meine finger nicht fettig werden beim league of legends zocken
bin eine dame von welt

00:41
liebesbriefe immer anfangen mit: „to whom it may concern"

00:42
vornamen des crushes bei pornhub eingeben, wer kennt es nicht

00:43
will einfach nur, dass mir mal jemand ein freundschaftsarmband flicht und ja, ich hab die indikativform von flechten gerade gegoogelt

00:44
it-girl

– unnötig geschlechtsspezifisch
– vage berufsbezeichnung
– nach paris hilton kam da nicht mehr viel

party-garnele

+ alle sind gemeint
+ man weiß gleich, was up ist
+ süß
+ stellt euch nur mal ne garnele mit partyhut vor aww

00:47
verkaufe jetzt meine getragenen socken als merch

00:47
meine katze will mehr taschengeld

00:49
bin verwirrt
auf der tür stand „frauen"
aber hier ist nur eine toilette??

00:50
ich würd so gern mal aufgestaubsaugt werden

00:50
bauchtanz rr gleiche energy wie tupperparty

00:55
fernbus
fernuni
fernehe

00:58
per sms schluss machen ist ne kunst, wer das in 140 zeichen hinkriegt respekt

00:59
wie viele fehler hattet ihr in der theorie beim internetführerschein?

EINS

ein cello
bei der hitze?
also ich weiß nicht, wie diese pflanze heißt
am museum werden die parkplätze knapp
flecken hinterlassen jod
dieser baum ist doch viel zu klein für äpfel
die schönsten landstraßen haben die meisten kreuze

01:00

01:01
gut und böse liegen oft so nah beieinander, wie man an der zum verwechseln ähnlichen optik von köstlicher petersilie und komplett widerlichem koriander sehen kann

01:03
es macht mich fertig, dass ich keine möglichkeit hab zu überprüfen ob mein lineal lügt

01:07
kleingruppenticket fürs weltall und dann
vergessen den namen einzutragen

01:08
kann ich knoblauchöl zum abschminken benu-

01:09
reminder, dass das wort „wurstwaren" existiert

01:20
winter dauert drei jahre und sommer vier sekunden

01:27
okay google: falco augenfarbe

01:36
paarfotos auf insta nicht löschen, sondern umbenennen
in: guck mal, das war 17 tage bevor du mich betrogen hast,
schatz!

01:47
mehlklößchen sind baby mozzarellas dont @ me

01:47
kann ich mir die ganzen infografiken auf instagram
als fortbildung anrechnen lassen

01:58
will nen 20er nuggets und nen kuss

ZWEI

warum man neonfarben nicht fotografieren kann

von irgendwo kam plötzlich ein drittes steakmesser
und dann sucht man natürlich
und die deko ist mit heißkleber angebracht
alles aus einer hand
ich muss an der eckenerstraße raus ich muss an der horner
rennbahn raus ich muss am dorfteich raus
rindfleisch und pfirsiche
das wetter behandelt mich schlecht
angstschweiß tropft steine
den letzten schluck tageslicht direkt aus dem karton
getrunken
während das holz seine stirn in falten legte
war ich heut allein
aus seifennassen händen
ist mir der tag geglitten
die alte farbe sieht man schon noch
an den rändern

02:00

02:11
wie funktionieren neonfarben

02:13
vollmond
halbmond
leermond

02:41
die dinos mit dem langen hals sind die lieben dinos

02:58
mein idealer lifestyle? dinkfc

double income no kids five cats

DREI

da klebt noch angst
hinter meinen ohren;
mein gefieder ist noch
traurig von dem öl,
ein bisschen wacklig
ist die erde noch auf meinen beinen
sie stützt sich an mir ab
und klagt, dass die grünphase
auch immer kürzer wird
zwischen mir und jupiter
sind nur drei schichten gestein
und ein bisschen platz
und ein bisschen zeit
seepferdchen sind tagaktiv
da sehen die gar nicht nach aus

03:00

03:02
rote beete ist mein feindgemüse

03:22
größte legende an meiner schule war einfach das girl aus der parallelklasse, das mit der schokoladendiät sein persönliches idealgewicht erreicht hat

03:24
meine katze weiß gar nicht, wie witzig ich im internet bin

03:58
mein erfolgsrezept? ich hab seit september nicht mehr aufs konto geguckt

VIER

wir leben in durchfahrtsorten
2010 hat es das letzte mal geschneit
hölzerne herzen, geisterglaube
sitzen an bushaltestellen
und kitten die splitternden bänke mit zähem kaugummi
ein stein, ein ball, ein stock im dorfteich
und eine idee klebt am ortsschild
an der außenseite
wenn man schräg übers feld läuft, kommt jemand schimpfen
pfützen flüssig
der wald einen tick zu klein
wie soll ich sagen, dass ich platzen werde
hier kennt doch niemand die nummer eines sympathischen
mittelständischen taxiunternehmens
der raureif ist auch alle
nicht alles ist autobiographisch

04:00

04:15
ich bin jetzt nicht im klassischen sinne reich

04:20
werde ja oft von powermännern gefragt, was mein beautygeheimnis ist. ich lache dann und sage:
„wenn ich es dir verrate,
ist es doch kein geheimnis mehr, kleiner"

04:36
je älter ich werde, desto gelassener werde ich. leider nicht vom-finanzamt-in-ruhe-gelassener, aber immerhin

04:58
kleidung aus heizdecken?

FÜNF

sterne fallen heute aus
stelle mir deine gedanken vor wie die abk. aus dem
kreuzworträtsel
die toten igel machen mich immer noch sad
die physik hat mir alles kaputt gemacht
gräten & mirabellen
hab mal gesehen, wie sie auf dieser straße ein reh
erschossen haben
es war ein gutes jahr für sonnenblumen
entscheidungen wiegen drei gramm
je nach ausführung
es ist lange her, dass hier mal was gebrannt hat
also komm

05:00

05:18
alles wird besser, wenn man power- oder xxl- davorhängt:

„ich muss noch power-zähneputzen"
„ich geh ins xxl-bett"
„du, ich hab power-herpes"
„möchtest du einen xxl-kaffee?"
„dann fangen wir mal an mit der power-darmspiegelung!"

05:22
es gibt kein himbeeremoji

05:43
abluchsen aber als bezeichnung für das, wie es ist, ein luchs zu sein

05:48
bisschen arrogant, eigentlich hätte man das ruhig sonnenraum und sonnenall nennen können aber ok

SECHS

jetzt bin ich so lang wachgeblieben
und ausgerechnet heute geht die sonne nicht auf
ist nicht zur arbeit gekommen
hat sich kein brot geschmiert
hat gesagt: ciao
und die vögel voll verwirrt
haben sich noch mal hingelegt
arbeitsrechtlich muss man da natürlich mal gucken
ist ja auf jeden fall ein versprechen, das da nicht eingehalten
wurde
irgendeine kammer oder irgendein verband prüft da nun
weitere schritte
die hotline war besetzt, in der warteschleife hätte ich
persönlich mir zwar eher mozart gewünscht, aber gut,
beethoven hat wahrscheinlich immer noch den branddeal mit
der telekom
dann fällt die golden hour ja wahrscheinlich auch aus heute,
oder?
schade irgendwie
jetzt bin ich extra so lang wachgeblieben

06:00

06:24
wie heißt dr. bibber mit vornamen?

06:51
kann mir bitte jemand was ungefragt erklären ich lieb das so

06:59
12 stunden mit dem shitty nachtzug nach wien,
aber falco hätte dasselbe für mich getan

SIEBEN

irritiert von der stille
genervt vom glück
frühes eis
haben alle blumen vergessen
die wir je gepresst haben
nach wie vor der festen überzeugung, dass lava sich gut
anfühlt
auf seite 100 muss was krasses passieren

hummerpanzer, aufgeknackt
die erde wächst durch mich hindurch
aus meinem brustkorb will was sprießen
sägeblätter, nervenstränge
brauch dem wasserrad nicht vom wind erzählen
wir haben doch alle was
zur liebe, zum tod, zu den sternen

07:00

07:02
weltoffen trotz laktoseintoleranz, das ist mein motto

07:12
vier männer stehen am dortmunder hauptbahnhof, einer raunt den anderen verschwörerisch zu:
„züge haben eine seele." alle nicken wissend

07:30
in meinem schreibworkshop hat gerade jemand
„max mustermann ist ein dämon" geschrieben und ich fühls

07:49
hatte zum nikolaus frech sein im schuh

ZEITUMSTELLUNG

die stille im teletext
und ein vorletzter ozean
haltet die lüfte an, brennesseln
die dachpappe noch warm
laika wär heute 66
keine angst, hier kannst du stehen
sternenstauballergie
muscheln sammeln, aber wofür

die eisbären werden zuletzt geschlachtet

DANKSAGUNG

ich möchte mich bedanken bei

dem @ kjm_buchverlag für das vertrauen in meine wilden ideen
@ gregor_hinz für die abgefahrenen illustrationen
@ jann & minka für die liebe
meinen friends im internet @ terezahossa @ eliashirschl für den fun und insbesondere bei @ fabsnavarro für die 30 (!) blurbs, die er mir geschrieben hat
@ ninialagrande & @ susibumms dafür, dass sie sich die zeit genommen haben, das alles zu lesen
@ mama & papa dafür, dass ich immer ins internet durfte
@ allen großbuchstaben

BIOGRAFIEN

selina kristin seemann wurde 1993 in flensburg geboren und lebt nun in kiel und dem internet. seit 2016 steht sie als slam poetin, autorin & moderatorin regelmäßig auf bühnen im deutschsprachigen raum. 2020 wurde sie vizemeisterin im poetry slam in schleswig-holstein, ist mehrfache siegerin des ndr poetry slam auf plattdeutsch und stammautorin bei der größten und erfolgreichsten lesebühne schleswig-holsteins, „irgendwas mit möwen". einmal wurde sie von fremden in einer disco erkannt.

@selinakristin | https://twitter.com/SelinaKristin

gregor hinz wurde 1982 in rostock geboren, ist in berlin aufgewachsen und lebt nun in kiel. hier arbeitet er seit vielen jahren freiberuflich als illustrator. neben europaweiten ausstellungen veröffentlicht er seine bücher bei diversen verlagen. seit 2011 unterrichtet er an der kunsthochschule in kiel. wie selina mag gregor hinz gedichte, aber er zeichnet sie lieber.

www.gregorhinz.de

Ein Buch wie ein fliegender Teppich

Mona Harrys Lieblingsmetier ist das Wundern. Und das Forschen. Das tut sie gern mit Kindern. Dabei geht es darum, den Fragen und Gedanken der Kinder Raum zu geben. Selbst denken – miteinander denken – weiterdenken.

Mona Harry
DIE DINGE & wir
Zeichnungen und Texte
36 Seiten, 20 x 20 cm
Hardcover, 15,00 € (D)
ISBN 978-3-96194-159-9

»Eines Tages erfanden die Dinge die Menschen. Vielleicht durch Zufall. Vielleicht durch Absicht ...«

»Ein wunderschön und anmutig illustriertes Bilderbuch.« Buchkultur

und an dieser stelle möchte ich gern meine oma grüßen, die immer die letzte seite des buches zuerst liest, um zu gucken, wer am ende zusammenkommt

KJM Buchverlag

Mehr zu den Büchern des KJM Buchverlags:
www.kjm-buchverlag.de